푸른사상 동화선 04

초판 1쇄 발행 2015년 7월 10일
초판 2쇄 발행 2015년 12월 7일

지은이 · 박소명 글, 최영란 그림
펴낸이 · 한봉숙
펴낸곳 · 푸른사상사
주간 · 맹문재 | 기획위원 · 박덕규
편집 · 지순이 | 교정 · 김수란

등록   제2-2876호
주소   서울시 중구 충무로 29(초동) 아시아미디어타워 502호
대표전화   02) 2268-8706~7 | 팩시밀리 02) 2268-8708
이메일   prun21c@hanmail.net
홈페이지   www.prun21c.com

ⓒ 박소명 · 최영란, 2015

ISBN 979-11-308-0413-2 04810
ISBN 979-11-308-0037-0 04810 (세트)

값 12,500원

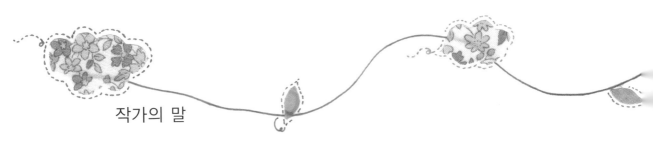

작가의 말

　어린 시절 가장 열심히 한 일은 뛰어놀기였어요. 고향이 시골이라 산과 들을 마음껏 뛰어다녔지요. 봄, 여름, 가을, 겨울 가릴 것 없이요.

　이른 봄엔 쑥이며 쑥부쟁이며 나물을 캐러 다녔어요. 진달래꽃을 땄고, 찔레 순을 꺾었고, 삐기를 뽑느라 산으로 들로 나갔어요. 하얀 조팝꽃을 한 아름 꺾어다 항아리에 꽂아 놓고 좋아했지요. 여름이 올 무렵이면 빨갛게 익은 산딸기를 땄고요.

　뜨거운 여름이면 강으로 나가 멱을 감고 조개를 캐거나 다슬기를 주웠어요. 밤에는 멍석에 누워 별을 헤아렸죠. 가을이면 다래랑 머루도 따 먹었지요. 황금 들판에서 숨바꼭질도 했고요. 겨울이면 냇가에 나가 썰매도 타고 얼음 위에서 머리핀 따먹기도 했어요. 생각만 해도 함빡 웃음이 나온답니다.

그래선지 전 자연을 참 좋아한답니다. 지금 살고 있는 집이 아파트지만 산으로 둘러싸인 곳에 있고요. 조금만 나가면 들판이 보이기도 하지요.

여기 나오는 네 편의 동화에는 모두 숲이 들어 있습니다. 숲이 주제는 아니지만 봄, 여름, 가을, 겨울 사계절 숲이 배경이지요. 어린 시절 머릿속에 각인된 숲이 저도 모르게 이 동화 소재가 된 것 같습니다.

그런데 어린 시절 저는 놀기만 했을까요? 아니에요. 밤늦도록 책도 읽었답니다. 책이 귀한 시절이라 한 권을 읽고 또 읽었지요. 나중에는 다 외울 만큼요. 그러다 새 책이 생기면 달력 종이로 겉을 싸 소중하게 간직했어요. 친구한테 빌려줄 때도 깨끗이 보라고 당부하는 걸 잊지 않았지요. 학교 도서관에 있는 책은 거의 모두 빌려다 읽었답니다. 물론 학교 도서관에도 책이 많지

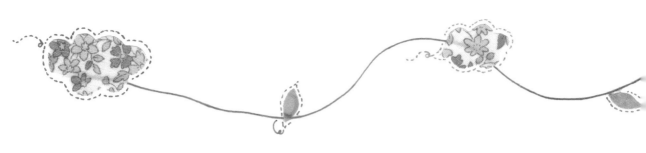

않았어요.

　또 이야기 듣는 일도 참 좋아했지요. 친구들끼리 서로 자기가 읽은 이야기를 들려주기도 했어요. 엄마 무릎에 누워 듣는 이야기야말로 꿀맛이었지요. 엄마는 한 땀 한 땀 바느질을 하면서 이야기를 들려주었어요. 늑대 이야기, 호랑이 이야기, 도깨비 이야기, 하늘나라 이야기……. 정말 무섭고, 신기하고, 재미있었지요. 물론 끝까지 못 듣고 잠이 들어 버린 적이 더 많았어요. 그러면 어김없이 꿈속에서 이야기가 이어지곤 했답니다.

　제가 동화를 쓰는 까닭은 아득한 마음속에서 이야기가 들려와서예요. 제가 읽었던 동화이기도 하고, 엄마가 들려주었던 이야기이기도 하지요. 한편 그 옛날 마음껏 뛰놀던 한 아이가 자꾸 아른거려서인지도 모르겠어요. 그래서

이 책은 귓속에 들려오는 이야기를 받아 조곤조곤 말하듯 썼답니다.

　이 책을 읽을 때 우리 친구들이 혼자서 읽어도 좋지만 엄마나 아빠에게 읽어 달라고 해보세요. 듣는 이야기도 참 좋을 테니까요. 아니면 여러분이 동생이나 친구에게 읽어 줘도 특별할 것 같군요. 엄마, 아빠에게 직접 읽어 드리고 싶다고요? 역시, 우리 친구들 생각은 따라갈 수가 없군요. 잠시지만 여운이 남는 동화 읽기가 되었으면 좋겠습니다.

2015년 5월　수리산 아래서
푸른 아이 박소명

차례

차례　9

가! 가라고! 모롱 할머니는 까순이와 토실이를 숲으로 쫓아
보냈어요. 아롱이와 누렁이까지 떠났는데, 모롱집 식구들은
이대로 헤어지고 마는 걸까요?

봄, 솔숲 이야기

모퉁집 식구들

봄, 솔숲 이야기

모롱집 식구들

"참 푸르기도 하지."

모롱 할머니는 마당에 서서 손에 잡힐 듯 내려온 하늘을 바라보았어. 소나무가 빽빽하게 둘러싼 높은 산모롱이에 집이 있었거든. 그래서 아랫마을 사람들은 할머니네 집을 모롱집, 할머니를 모롱 할머니라 불렀지. 이 집엔 종종 솔고개를 넘는 사람들이 들어와 시원한 샘물을 마시며 쉬어 가는 곳이기도 했어. 흰 구름도 마당 위를 지날 때면 잠시 걸음을 멈추곤 했단다.

모롱집은 솔향기만으로도 기분 좋아지는 곳이었어. 하지만 요즘은 달라졌지. 한낮에도 그늘이 드리워진 것처럼 어둡게 느껴졌거든. 얼마 전 모롱 할아버지가 다시는 돌아올 수 없는 곳으로 갔기 때문이야.

모롱 할머니는 식구들과 솔고개를 올랐어. 소나무 사이로 난 구불구불한 길을 누렁이가 앞서 달려갔지. 까순이가 누렁이 머리 위를 날았고, 고양이 아롱이는 나타났다 사라졌다 제멋대로 따라왔단다. 아롱이 뒤로 토실이도 깡충거리며 오고 있었지.

소나무 숲길을 빠져나오니 봉긋봉긋한 무덤들이 하나, 둘 보이기 시작했어. 묘 앞으로 간 모롱 할머니는 손등으로 땀방울 촉촉한 이마를 훑었지. 양지쪽엔 수줍게 꽃잎을 연 솜나물이 보였단다. 까순이는 잔디가 듬성듬성한 묘 위를 맴돌았어. 아직 잔디가 자리 잡지 못한 할아버지의 묘였거든.

"편안하지요?"

모롱 할머니는 묘 앞에 앉았어. 누렁이가 다가와 할머니 손을 핥았지. 아롱이는 두 발을 모으고 얌전히 앉았어. 모롱 할머니가 손짓을 하자 모두들 인사를 시작했단다.

"깍깍깍깍!"

"월월월!"

"야옹!"

토실이는 소리에 맞춰 귀를 쫑긋거렸어.

"얘들 다 보내려고요."

모롱 할머니는 일부러 목소리를 높였어.

"당신 보내고 혼자 어찌 살 거냐고 우리 큰딸이 오라 하네요."

어느새 조용해져 있는 식구들을 바라보며 할머니는 긴 한숨을 쉬었어.
또 할아버지 살아 있을 때가 떠올랐던 것이지.

가장 먼저 모롱집 식구가 된 것은 아롱이였
어. 시장 귀퉁이에 혼자 엎드려 있는 고양이
를 모롱 할머니가 발견한 거야. 얼마나 작
은지 털 뭉치 같았단다.

"쯧쯧. 네 엄마는 어딜 갔다니? 내가 너를
만나려고 오늘 시장에 왔나 보다."

모롱 할머니는 옆구리에 상처까지 있어서
걷지도 못하는 새끼 고양이를 껴안았어. 그
리고 조심스럽게 안고 집으로 돌아왔지.

"노란 눈이 아롱아롱하니 아롱이라 해야겠

구먼."

할아버지가 혀를 끌끌 차며 아기 다루듯 치료해 주었어.

누렁이도 벌써 세 살이나 되었어. 아랫마을 김 영감네 개가 낳은 새끼 중 한 마리가 눈도 못 뜨고 비틀거리는 것을 할아버지가 데리고 온 것이었지.

"너도 우리랑 인연이 있어서겠지."

모롱 할머니는 조심스럽게 강아지를 쓰다듬었어.

"공들이면 이런 놈이 더 실해지지."

할아버지 말이 맞았어. 강아지는 털도 복슬하고 포동포동해졌거든. 개와 고양이는 친하게 지내지 않는다는데 누렁이는 금방 아롱이를 잘 따르는 거야. 아롱이도 다가오는 누렁이를 밀어내지 않았지. 둘은 한바탕 장난을 치다가 토방에 나란히 엎드려 햇볕을 쬐곤 했단다.

"식구가 되었구면."

모롱 할머니와 할아버지는 신통해했어.

토실이가 오던 날은 겨울이었어. 얼마나 눈

이 많이 왔던지 길도 밭도 구
분할 수 없었지. 어느 날
뒤꼍 보일러실에서 부
스럭거리는 소리가 들
렸단다. 할아버지가 가

보았더니 글쎄 토끼 한 쌍이 숨어 있는 거였어.

"눈을 피해 왔구먼."

할아버지는 얼른 먹을 것을 주었지. 그리고 겨우내 보살폈단다. 하지만
토복이라고 이름 지어 준 수토끼가 시름시름 앓더니 죽고 토실이만 남게
되었어. 봄이 되어도 토실이는 산으로 갈 생각을 안 하는 거야. 토실이도
곧잘 아롱이, 누렁이와 함께 토방에 앉아 있곤 했어. 물론 텃밭을 기웃거
리는 일을 가장 좋아했단다.

까순이는 지난여름부터 식구가 되었어. 처음엔
누렁이 밥그릇 옆으로 슬금슬금
다가오더니 아예 누렁이
밥을 차지하기도 했지.
모롱 할머니는 누렁이 옆
에 까순이 몫을 따로 챙겨 주

었단다.

"암놈이여 수놈이여?"

할아버지가 고개를 갸웃거렸어.

"내가 볼 때는 딱 암놈 같네요."

"어찌 알아?"

"그냥 알지요."

"그러니까 아가씨구먼. 허허허."

"아가씨면 까순이라고 해야겠네요."

웃음을 터뜨리는 할머니 앞에서 까순이는 배를 실컷 채웠어.

"우리가 적적할까 봐 하늘이 요것들을 내려 준 것 같네."

할아버지도 기분 좋게 먹을 것을 나눠 주곤 했어. 특별한 식구들 때문에 모롱집은 언제나 시끌시끌했지.

그렇게 식구들과 함께 즐거웠는데, 할아버지는 기침이 더욱 심해졌어. 젊은 시절 시멘트 공장에서 일할 때 나빠진 폐 때문이었지. 아무리 약을 먹고 치료를 해도 낫지 않았어. 눈 내린 것처럼 하얘진 머리카락이 할아버지를 더욱 야위어 보이게 했단다.

"콜록콜록! 토실이 짝을 하나 만들어서 새끼를 많이 낳게 하고 싶었는데. 솔숲에 토끼 식구들이 뛰놀면 참 좋을 텐데……."

"봄 되면 그렇게 합시다."

모롱 할머니는 할아버지 등을 쓰다듬었어. 하지만 봄이 오기도 전에 할아버지는 세찬 바람과 함께 하늘나라로 떠나고 말았단다.

"영감, 이제 내려가야겠네요."

모롱 할머니가 허리를 일으켰어. 까순이는 앞장서서 날았고 아롱이를 따라 토실이도 천천히 내려갔단다. 누렁이는 할머니를 뒤따라 터덜터덜 걸었고. 산비둘기 울음이 자꾸만 따라 내려오고 있었지.

모두들 모롱집으로 가지 않고 마을로 내려갔어. 묘지로 올라갈 때와는 달리 식구들은 힘이 없어 보였지. 마을 첫 번째 집에 가까이 갔을 때 할머니가 손을 흔들었어.

"바쁜가요?"

"어서 오세요."

이장님이 텃밭에서 허리를 폈

어. 쏙쏙 피어난 마늘잎이 햇살에 파닥거렸지. 이장님은 허리춤에서 수건을 빼내 이마를 닦았어. 모롱 할머니가 마루에 앉으며 말했어.

"모레 떠나려고요."

"아, 예. 결국 가시네요."

이장님은 수건을 털어 허리춤에 차고 마루로 갔어. 토방에 편하게 앉은 누렁이를 보며 할머니가 빙그레 웃었지.

"꼭 자기 집처럼 편해 보이지요? 누렁이 잘 부탁해요."

"예. 그런데 아롱인 누구한테 맡기나요?"

"면사무소 최 주사한테 보내기로 했어요. 면사무소에 쥐가 많다더니만."

"토실이는요?"

"산으로 보내야지요."

모롱 할머니 눈 그늘이 서늘해졌어. 이장님도 고개만 끄덕였지. 잠시 후 할머니가 마루에서 일어났어.

"누렁아, 아롱아, 토실아, 까순아! 가자. 올라갑니다."

"네. 편히 가세요."

이장님도 쓸쓸하게 모롱집 식구들을 바라보았어.

집에 온 할머니는 마루 끝에 앉았어. 토방에는 누렁이가, 마루 귀퉁이에는 아롱이가, 텃밭 앞에는 토실이가, 마당가 감나무 위에는 까순이가 시무

룩하게 앉아 있었지. 아무도 먼저 입을 떼지 않았어.

"일찌감치 저녁을 줘야겠구나."

모롱 할머니가 일어나 모두에게 먹을 것을 나누어 주었어. 누렁이 밥그릇에도 아롱이 밥그릇에도 가득, 까순이 몫으로도 잔뜩, 토실이에게도 텃밭 구석에 비닐을 씌워 키운 채소를 뜯어 주었지.

"나는 떠나야 해. 그러니 너희들도……. 잘

알겠지?"

참 이상했어. 모롱집 식구들은 먹을 것만 보면
전쟁 난 것처럼 요란했는데 모두 눈치만 보는 거야.

"먹어. 먹으라니까."

모롱 할머니가 누렁이를 쓰다듬으며 말했어. 아롱이에게도 그릇을 더
가까이 가져다주었지.

서쪽 하늘에 노을이 조금씩 짙어지더니 불이 난 듯 붉어졌어. 모롱집에
도 어둠이 점점 몰려왔단다.

"구구 구구구 구구 구구구……."

아침부터 또 산비둘기가 울어 댔지.

늘 하던 대로 마당에 서서 할머니는 하늘을 올려다보았어. 푸르던 하늘
이 어둡고 칙칙해 보였지.

"까순아, 짝 만나서 집 짓고 잘 살아라.
훠이! 훠이!"

까순이는 날개를 퍼덕이며 마당을 뱅
뱅 돌았어.

"얼른 가라! 가!"

모롱 할머니는 돌멩이를 던졌어. 까순이는 놀라 숲 쪽으로 달아났지.

"그래, 훨훨 가거라."

모롱 할머니는 멀어지는 까순이를 보며 소리쳤어. 그리고 이번엔 토실이를 숲으로 쫓았지.

"훠이. 훠이! 어서 가거라. 가!"

하지만 토실이는 꼼짝도 안 하는 거야. 몽둥이를 휘두르자 주춤거리던 토실이도 놀라 돌아섰어. 깡충거리며 가다가 돌아보기를 여러 번, 그때마다 할머니의 몽둥이가 땅을 무섭게 내리쳤단다.

누렁이랑 아롱이 목엔 줄이 묶어졌어. 이장님이 와서 누렁이를 데리고 내려갔지. 면사무소 최 주사가 와서 아롱이도 데리고 갔단다. 둘 다 낑낑거리며 버텼지만 소용없었어.

오후가 되었어. 모롱 할머니는 꾸려 놓은 가방 앞에 앉았지. 딸에게 내일 데리러 오라고 전화를 건 후였어. 지나가는 사람도 없고 산비둘기 소리조차 멈추었단다.

모롱 할머니는 하늘을 올려다보았어. 흰 구름 한 덩이가 두둥실 떠 있었지. 그런데 흰 구름이 천천히 모롱집 마당 쪽으로 오는 거야. 할머니는 깜짝 놀랐어. 흰 구름이 웃음을 머금은 할아버지 얼굴처럼 보였거든.

"영감!"

"허허허."

"어찌 영감이?"

"저것들이 나한테 야단들이라니까."

"저것들이?"

모롱 할머니가 고개를 갸웃거렸어.

"식구들 말이야. 함께 살게 해 달라고 어찌나 울어 쌓는지."

"식구들이 어디 있다고 그래요?"

모롱 할머니는 이리저리 둘러보았어.

"모롱집 지키면서 모두 함께 사는 게 더 좋을 것 같구먼."

할아버지는 할머니를 어리둥절하게 해 놓고 돌아섰어. 둥둥 하늘로 올라가더니 다시 흰 구름 한 덩이가 되어 솔산 너머로 떠갔지.

그때였어.

"깍깍깍깍."

까순이가 되돌아온 거야. 감나무 가지 위에는 까순이 말고 한 마리가 더 앉아 있었지.

또 마당을 가로지르는 무엇이 보였어.

"오면 안 되는데……."

신발도 신지 않고 할머니는 마당으로 뛰어나왔지. 토실이가 텃밭 앞에 앉아 귀를 쫑긋거리고 있었어. 아롱이는 줄을 단 채 마당으로 들어서는 거야. 곧 누렁이 짖는 소리도 들려왔지. 누렁이도 목에 맨 긴 줄을 끌고 마당으로 뛰어 들어왔어.

마당은 식구들 소리로 시끌벅적했지. 누구도 소리를 멈추려 하지 않았어. 할머니만이 아무 소리도 못 하고 서 있기만 했단다.

"그냥 모롱집에서 살란다. 그리 알아라."

수화기를 내려놓는 할머니의 볼이 발그레해졌어.

모롱 할머니는 가벼운 걸음으로 집을 나섰어. 며칠 전까지 눈에 띄지 않았던 솔산 어깨 한 자락이 희끗거리는 거야. 할머니는 좁다란 밭두렁을 따라가서 매실나무 꽃가지 하나를 꺾었단다.

"영감, 영감이 좋아하는 매화꽃이 피었더라고요."

모롱 할머니는 묘 앞에 꽃가지를 놓았어.

"생각을 바꾸니 다시 하늘이 푸르네요."

"깍깍깍깍!"

"야옹!"

"월월월!"

"영감 말대로 해야겠어요."

모롱 할머니는 꽃가지를 만지작거렸어.

"내일은 못 올 거예요. 장날이니까."

다음 날 아침 일찍 까순이와 새로 온 까치는 감나무 위에 둥지를 짓기 시작했어.

"그래. 잘했다. 집 짓고 새끼 낳고 사는 게 이치지."

모롱 할머니는 대견한 듯 고개를 끄덕였어. 그리고 식구들에게 말했지.

"너희들은 집 지켜라. 얼른 장에 다녀오마."

하지만 누렁이는 어느새 모롱집을 내려가고 있었단다. 이장님이 담 너머에서 소리쳤어.

"어디 가시게요?"

"장에요! 토실이 짝 만들어 주려고요."

"좀 있으면 버스 올 텐데 버스 타고 가시죠?"

"버스는 무슨? 아직 다리 튼튼하답니다."

모롱 할머니는 새 봄잎처럼 기분 좋게 손을 흔들었어.

"누렁아, 얼른 가자."

모롱 할머니의 마음은 벌써 토끼들이 뛰노는 솔숲에 가 있었어.

할머니와 누렁이는 아른거리는 햇살 속을 걸어갔단다. 물오른 수양버들 사이로 나타났다 사라졌다 하면서.

누가 요정을 보았을까

"으라차차 으라라차차 야흐!"
소나무와 물푸레나무는 잠들지 않으려고 뿌리에 바짝
힘을 주었어요. 깊은 잠에 빠진 숲 속에 무슨 일이
일어날지 궁금해지죠?

누가 요정을 보았을까

여름 한낮 숲은 푸른 물결로 일렁였어.

"맴맴맴맴맴……"

제때를 만난 매미들은 쉬지 않고 노래를 불렀지. 매미 소리에 숲 그림자를 어른어른 품은 둥그런 샘도 잔잔하게 흔들리곤 했어. 샘 가에는 주근깨를 송송 박은 빨간 산나리꽃이 활짝 피어 있었지. 분홍 노루오줌꽃이 보소소 피었고. 또 아주 오래된 등 굽은 소나무와 어린 물푸레나무도 있었단다.

"데에에에엥……"

샘 속에서 종소리가 들려왔어. 잔잔하던 샘물이 출렁

거리기 시작했지.

"앗! 샘물이!"

산나리꽃이 꽃술을 파르르 떨었어. 노루오줌꽃도, 소나무와 물푸레나무
도 깜짝 놀랐단다. 뜨거운 햇볕을 날름날름 먹고 있던 풀과 수많은 나뭇잎
들도 샘 쪽으로 고개를 돌렸지. 굴참나무에서 목청을 높이던 매미 노랫소
리가 갑자기 늘어진 테이프처럼 흐늘거리는 거야.

하지만 누구도 더 궁금해할 틈이 없었단다. 모두들 연거푸 하품을 해 댔
거든. 곧이어 아름다운 자장가가 들려오고 온 숲이 졸음 속으로 빠져들었
어. 소나무와 물푸레나무만 빼고 말이야.

"으라차차 으라라차차 야흐!"

소나무가 온몸에 힘을 주며 소리쳤어. 옆에 있던 물푸레나무는 쏟아지는
졸음을 간신히 참으며 물었어.

"아~함! 으라차차 으라라차차 야흐! 가 뭐~어~예~에~요?"

"허허, 호기심쟁이로구나. 너, 어떻게 잠들지 않았지?"

"무~슨~일~인~지~궁금하~~~"

물푸레나무는 말끝을 흐리며 잠 속으로 빠져들었어.

"일어나 봐. 요정 보고 싶지 않아?"

소나무가 뾰쪽한 잎으로 물푸레나무 겨드랑이를 콕콕 쑤셨어.

"요~정이~요?"

요정이란 말에 물푸레나무가 간신히 정신을 차렸어.

"잠들지 않으면 요정을 볼 수 있어. 뿌리에 힘을 주면서 으라차차 으라라차차 야흐! 하고 외쳐 봐."

물푸레나무는 소나무 말대로 뿌리에 바짝 힘을 주었어.

"으라차차 으라라차차 야흐!"

그러자 이파리들이 일제히 꼿꼿하게 서고 졸음에서 빠져나올 수 있었지.

숲은 고요했어. 매미 소리도 뚝! 째잭거리던 새소리도, 사스락거리던 바람 소리도 안 들리는 거야. 지나가던 흰 구름 한 덩이도 샘 속에 멈췄어. 해님도 햇빛을 샘으로만 비추었고. 숲은 커다란 잠 그늘 속에 푸욱 파묻히고 말았지.

"허허, 잘했어! 올해는 재미가 두 배나 되겠는걸. 너랑 같이 봐서 말이야."

소나무가 뾰쪽 잎으로 물푸레나무를 쓰다듬었어. 샘에 닿을 듯 내려온 다른 가지를 움찔거리면서.

그때였어. 저만치서 토끼 두 마리가 귀를 쫑긋거리며 샘 가로 오는 거야.

"다들 잠들었는데? 토끼만?"

물푸레나무가 잎을 갸웃거렸어. 소나무는 곧 알게 될 거라는 듯 웃기만

했지.

"어어! 토끼가 물속으로 뛰어들었어요!"

"허허허. 토끼뿐 아니지."

소나무 말이 끝나기도 전에 고라니, 너구리, 다람쥐, 꽃뱀, 지렁이, 달팽이도 왔어. 숲 속에 사는 동물, 곤충들 모두 두 마리씩 물속으로 들어가는 것이었어. 샘이 한바탕 물거품을 일으켰지.

"나무들도, 꽃들도, 동물들도 다 잠들었는데?"

물푸레나무는 몹시 궁금했어.

"왜 다 두 마리씩이죠? 그리고 물고기도 아닌데 어떻게 물속에 들어가죠?"

물푸레나무가 계속 물었어.

"곧 알게 될 거야. 허허. 자, 이제 힘을 빼. 이렇게 숨을 쉬면서. 흠─휴우."

소나무는 뿌리에 준 힘을 뺐어. 가지를 바르르 떨며 바짝 세웠던 잎도 아래로 내렸지. 물푸레나무는 천천히 소나무를 따라 했어. 소나무가 아주 천천히 속삭였어.

"흐─야 차─차─라─라─으 차─차─라─으!"

"흐─야 차─차─라─라─으 차─차─라─으!"

물푸레나무도 똑같이 했지. 소나무가 물었어.

"어떠냐? 샘 속이 보이냐?"

"보여요! 훤히 보여요."

물푸레나무가 소리쳤어.

"허허. 이제 더 놀랄 일이 생길걸."

소나무가 기대하라는 듯 말했지. 물푸레나무는 침을 꼴깍 삼키며 지켜봤어. 신기한 구경을 하나도 놓치고 싶지 않았거든.

샘 속에는 어느새 흰옷으로 갈아입은 동물들이 동그란 탁자에 앉아 있었지. 토끼는 흰 조끼를, 꽃뱀이랑 지렁이는 흰 자루를 입은 것 같았어. 새들은 흰 망토를 둘렀고, 탁자 위에 있는 달팽이는 흰 구슬처럼 보이는 거야.

"어떻게 이렇게 작은 샘에 다 들어갔지?"

물푸레나무가 궁금해하자 소나무가 말했어.

"허허. 그야 요정의 나라니까."

그때 큰 소리가 들려오는 거야.

"요정의 왕이 오십니다."

머리는 개미핥기, 몸은 타조인 문지기가 겅중거리며 문을 열었어. 코끼리처럼 덩치 큰 요정의 왕이 하얀 옷자락을 끌며 나타났지. 사자 갈기 같

은 머리카락을 휘날리면서 말이야. 왕방울처럼 뒤룩뒤룩한 눈엔 불꽃이 이글거렸지만 무서워 보이지는 않았단다. 커다란 바나나 모양 코 아래 붉고 두툼한 입술을 반쯤 벌린 채 웃고 있었어.

준비된 탁자에 앉은 요정의 왕이 쇠구슬 부딪는 목소리로 말했지.

"자, 또 백 년 만에 요정 회의를 시작하겠습니다."

"몇 년 만이라고요?"

물푸레나무가 가지를 갸웃거렸어.

"백 년에 한 번 여름 요정 회의가 열리거든. 나는 이 회의를 네 번이나 봤으니 내 나이가 몇일까? 허허허."

"그런데 잠이 안 드는 비법은 어떻게 알아냈어요?"

궁금해진 물푸레나무가 물었지.

"허허허, 오래오래 살다 보니 요정들의 비밀 이야기가 들리더구나. 허허."

물푸레나무는 이해가 잘 안 갔지만 그냥 고개를 끄덕였어. 샘 속이 더 궁금했으니까.

요정의 왕이 뒤룩뒤룩한 눈알을 한 번 굴렸어.

그러자 분홍 꽃잎 얼굴들이 사뿐히 날아오며 노래하는 거야. 어느 멋진

화가가 꽃잎에 인형 같은 눈, 코, 입을 그려 넣은 것처럼 아름다웠지. 머리카락도 몸도 손도 모두 분홍색이었어.

"요정에겐 사랑이 필요하죠."

꽃잎 얼굴들이 바구니에서 분홍 꽃잎을 나누어 주었어. 흰옷 입은 동물

들과 곤충들은 꽃잎을 맛있게 받아먹었지. 꽃잎 얼굴들이 고개를 흔들자 모두들 몸이 반짝반짝 빛나는 거야. 잠시 후 빛은 갓을 쓴 등처럼 은은해졌고 지우개로 지운 듯 꽃잎 얼굴들은 희미하게 사라져 갔단다.

요정의 왕이 뒤룩뒤룩한 눈알을 두 번 굴렸지.

그러자 모자 얼굴들이 들어오며 외쳤어.

"요정에겐 지혜가 필요하죠."

모자 얼굴들은 온몸이 초록색이었어. 뾰쪽한 초록 모자 같은 얼굴에 역시 눈, 코, 입이 그려진 것 같았어. 자기 얼굴을 닮은 초록색 뾰족 모자 하나씩을 들고 있었지. 모자 얼굴들이 초록 모자를 모두에게 씌워 주었어. 딱 맞춤 모자 같았다니까. 달팽이 모자는 손톱보다 더 작았거든. 다람쥐에겐 뾰쪽 모자가 특히 잘 어울렸단다.

"지혜로운 요정이 되세요. 지혜로운 요정이 되세요."

모자 얼굴들이 합창을 시작했어. 모두들 일어나 탁자 옆에 있는 광장으로 가서 춤을 추었지. 바닥이 빙글빙글 돌아가고 있었어. 그래선지 몸을 조금만 움직여도 멋진 춤이 되는 거야. 한참 후 바닥이 멈추자 합창을 마친 모자 얼굴들이 연기 처럼 빠져나갔어.

요정의 왕이 뒤룩뒤룩한 눈알을 세 번 굴렸어.

이번엔 산삼 얼굴들이 나오는 거야.

"요정에겐 병 고치는 능력이 필요하죠."

산삼 얼굴들은 통통하고 길쭉했어. 몸도 얼굴처럼 노르스름 했지. 산삼잎 같은 손엔 약병을 들고 있었어. 천 년 묵은 산삼 으로 만든 것이었지. 요정의 왕이 눈을 끔뻑거리자 산삼 얼굴들이 모두에 게 정성 들여 약을 먹이는 거야. 그리고 뽀글뽀글 침 만드는 연습을 시켰 단다.

"침을 세 번 발라야 약효가 뛰어나다는 것을 잊지 마세요!"

요정의 왕이 사자 갈기 같은 머리카락을 뒤로 젖히며 기분 좋게 웃었어. 약을 다 먹인 산삼 얼굴들은 차례로 걸어 나갔지.

요정의 왕이 뒤룩뒤룩한 눈알을 네 번 굴렸어.

그러자 이번엔 누가 뭐랄 것도 없이 모두들 물구나무를 서기 시작했다니까. 신기하게도 흰옷이 벗겨지고 번데기가 된 몸이 드러나는 거야. 크고 작은 번데기들이 다시 춤을 추기 시작했어. 춤이라기보다 음악에 맞춰 까딱거리는 정도였지.

"자, 이제 등껍질을 터뜨리세요. 힘껏!"

요정의 왕이 소리쳤어. 번데기들은 등껍질을 터뜨리려고 마구 몸을 뒤틀었어. 몸 절반이 휘었다 접힐 정도로 말이야. 그럴 때마다 샘물이 출렁거렸지. 물살이 파도처럼 높이 오르기까지 했다니까. 소나무와 물푸레나무 허리까지 말이야. 산나리꽃, 노루오줌꽃, 다른 풀들도 온몸이 흠뻑 물에 젖고 말았지. 그래도 콜콜 자느라 아무것도 몰랐단다.

"이렇게 물결이 치는데도 샘 속이 훤히 보이네요."

물푸레나무가 젖은 잎을 털며 말했어.

"허허허. 우린 지금 요정의 시간 안에 있으니까."

샘물이 다시 고요해졌어. 껍질을 벗어 버리고 새 몸이 된 동물들과 곤충들은 모두 물구나무를 선 채였지.

"곧 몸이 마를 거예요."

요정의 왕이 눈꺼풀을 끔벅이며 말했어. 잠시 후 모두들 탁자로 되돌아와서 자리에 앉았단다. 여기저기 흩어져 있는 껍질은 검은 구름 떼 같은 안개가 몰려와서 순식간에 걷어 갔어.

요정의 왕이 뒤룩뒤룩한 눈알을 다섯 번 굴렸어.

그러자 이번엔 인어공주들이 음식을 들고 헤엄을 치듯 날아오는 거야.

"백 년 동안 지치지 않고 일할 수 있는 요정의 영양식입니다."

인어공주들은 탁자에 음식을 차근차근 차리며 노래를 불렀지.

"자, 자, 마음껏 드십시다."

요정의 왕이 너털웃음을 웃었어. 모두 기분 좋게 탁자 앞에 앉아 입맛을
다셨지. 음식은 희한한 재료로 만들어진 것들이었어. 인어공주들이 또 아
름다운 노래를 부르며 먹는 것을 도왔어.

"이것은 일만 미터 바다 아래서 파 온 진흙을 개어 끓인 수프, 이것은 봉
황새의 오색 깃털 튀김, 이것은 천 년 된 석청으로 만든 과자, 또 이것은
삼천 가지 과일즙에 절인 제비집……."

가장 인기가 있는 음식은 야크 침을 벌집에 모아 발효시킨 야침벌이었
단다.

"이 음식 좀 더 주세요."

여기저기서 외치는 소리가 들렸어. 인어공주들은 야침벌을 몇 번이고 날
랐단다. 식사가 끝나자 요정의 왕이 소리쳤어.

"새 침을 받은 요정 여러분! 요정이 둘씩인 것은 두 배로 침을 합해

알밤을 던져라!

일하라는 것 알지요! 열심히 일해 주세요. 그리고 백 년 후에 다시 봐요!"

말이 끝나기 무섭게 요정의 왕은 블랙홀에 빠진 것처럼 순식간에 사라져 버리는 거야. 머리는 개미핥기, 몸은 타조인 문지기가 겅중거리며 다가왔어. 그리고 돌아가는 길을 안내했지. 동물들과 곤충들은 아니, 요정들은 차례로 샘물 위로 올라왔어. 올라올 때마다 다시 종소리가 뎅뎅뎅 울렸단다.

숲 속에는 어느새 그늘이 걷히고 다시 뜨거운 햇볕이 쏟아졌어. 구름도 샘물 속에서 나와 천천히 가고 싶은 하늘 길로 걸어갔단다. 숲은 바람에 흔들리는 나뭇잎 소리로 출렁거렸지. 깊이 잠들었던 산나리꽃도 햇빛을 향해 고개를 들었어. 아무 일도 없었다는 듯 매미들과 새들도 노래를 시작했단다. 소나무와 물푸레나무는 서로 쳐다보며 가지를 으쓱거렸어.

"저 요정들이 백 년도 더 살아요?"

물푸레나무가 살며시 물었어.

"요정들은 안 죽지."

"아하. 그런데 요정들은 무슨 일을 해요?"

"고라니 요정은 고라니들을 돌보고, 달팽이 요정은 달팽이들을 돌보고, 그러니까 자기 종족을 돌보는 거지."

소나무가 잎을 뾰쪽 올리며 말했어. 물푸레나무는 가지를 끄덕였지만 궁금증이 그치지 않았단다.

"왜 나한테 재미있는 요정 나라를 보여 주었어요?"

"허허, 내가 보여 준 게 아니지. 궁금해하는 네 마음이 본 거란다. 나야 조금 도왔을 뿐이야."

"둘이서 뭘 그리 중얼거려요?"

저만치서 때죽나무가 물었어.

"맞아. 도대체 무슨 비밀 이야기예요?"

산나리꽃도, 노루오줌꽃도 궁금해했지.

"허허허. 한숨 자고 났더니 시원하다고 했는데? 으허허허."

소나무가 너털웃음을 웃었어.

"하긴. 마치 목욕을 한 것처럼 몸이 개운해요."

"자고 났더니 햇빛이 더 맛있는데요. 아훔!"

모두들 여름 한낮 햇빛을 마음껏 마셨어. 소나무와 물푸레나무가 마주 보며 빙그레 웃었단다.

그때 숲 속에서는 요정들의 활약이 시작되고 있었어. 팥배나무 아래 울먹이며 앉아 있는 아기 고라니 옆으로 고라니 요정 둘이 다가갔어. 아기 고라니는 사람들이 버린 병 조각에 발이 찔린 거였지. 고라니 요정들은 침을 세 번 뱉어서 상처에 발라 주었단다. 그리고 두 요정이 아기 고라니를 꼬옥 안아 주며 말했지. 엄마 고라니에게로 데려다 줄 테니 걱정 말라고 말이야.

길앞잡이 요정들은 말괄량이 길앞잡이의 길을 안내했어. 그 길앞잡이는 더듬이 하나를 잃어 종종 길을 헤매곤 했거든.

글쎄 다람쥐 한 마리는 잣나무 위에서 청설모들에게 놀림을 당하는 중이었어. 마침 지나던 청설모 요정과 다람쥐 요정이 보고 달려갔지. 청설모 요정은 청설모들을 타일렀어. 다람쥐 요정은 다람쥐를 집에 데려다 주었단다.

요정들이 지나간 길은 보석을 뿌려 놓은 것처럼 반짝였어. 소나무와 물푸레나무는 오솔길을 바라보며 기분이 좋아졌지.

"누가 요정을 보았을까?"

물푸레나무가 흥얼거렸어.

"누구긴 누구겠어! 허허허!"

소나무도 장단을 맞췄어.

"웬 생뚱맞은 노래?"

산나리꽃도, 노루오줌꽃도, 때죽나무도 고개를 갸웃거렸어. 하지만 금세 자신들도 모르게 콧노래를 따라 부르는 거야. 숲 속 나무들과 풀들도, 새들도 매미들도 어느 때보다 더 아름다운 노래를 불렀단다.

숲길을 걸을 때 괜히 흥얼흥얼 콧노래가 나온 적 있니? 시원한 바람이 불어오고 햇살처럼 반짝 빛나는 길을 만난 적 있어? 그렇다면 틀림없이 요정이 지나간 길일걸.

가을, 밤숲 이야기

알밤을 던져라

예쁜 아람이가 무서운 카웅이 앞에 벌벌 떨고 있네요.
어쩌죠? 얼른 구해야 하는데 톨이도 겁이 나서 도망치려고
해요. 톨이야, 힘내! 하고 응원해 주세요.

가을, 밤숲 이야기

알밤을 던져라

숲이 노릇노릇 물들었어. 선선한 바람을 타고 열매 익는 냄새가 솔솔 났지.

"흠, 맛있는 냄새!"

기분이 좋아진 다람쥐들은 숲 속을 쪼르르르 달렸어. 하지만 톨이는 혼자였지. 친구들과 달리 나무 위 빨리 오르기나 비탈길 빨리 내려가기는 재미없었거든. 톨이는 열매를 던져서 무엇인가 맞히는 일이 더 좋았어. 그래서 마음먹은 곳을 맞히기 위해 몇 번이고 연습을 했단다. 덕분에 나뭇가지에 난 옹이도, 구멍 난 이파리도 정확하게 맞힐 수 있었지. 그런 톨이를 보고 친구들은 고개를 갸웃거렸어.

"던지는 게 뭐가 좋다고."

"그러게 말이야. 달리기 연습이라면 모를까."

누구도 톨이의 재주에 관심이 없었어. 오히려 흉을 보곤 했다니까. 톨이

는 혼자 놀다 종종 심통이 나면 친구들 뒤통수를 향해 도토리를 던졌어.

"열매는 던지는 게 아니라 먹는 것이거든!"

친구들은 눈을 흘겼어. 톨이도 기죽지 않으려고 큰소리쳤지.

"흥, 나 혼자서도 안 심심하다고!"

오늘도 톨이는 떡갈나무 가지에 서서 도토리를 던졌어.

"맞았다!"

도토리는 건너편 소나무에 달린 솔방울을 정확하게 맞혔어. 톨이는 이쪽 저쪽 가지로 옮겨 다녔어. 발로 가지를 움켜잡고 탐스러운 꼬리로 몸을 똑바로 세우며 도토리를 던졌지. 그때 친구들이 떡갈나무 밑을 지나가고 있

는 거야. 톨이는 친구들을 향해 도토리를 던졌어. 일부러 아슬아슬 비켜

가게 하면서 말이야.

"으악!"

친구들이 놀라 엎드렸어.

"톨이 너 또?"

떡갈나무 위를 올려다보면서 친구들이 소리쳤어.

"저쪽 바위를 맞히려는 거였다고!"

나뭇잎을 헤치며 톨이가 삐죽 내려다봤어.

"다치면 어쩌려고 그래!"

늘 먼저 나서는 다람이가 날카롭게 쏘아붙였지.

"다른 데로 가자!"

모두 다람이를 따라갔어. 톨이한테 그나마 친절하게 대했던 아람이까지도 이젠 달라진 거야.

"흥! 다람이 자식!"

톨이는 다람이를 겨냥했어.

"아얏!"

다람이가 머리를 잡고 엎드렸어. 다람이를 일으키며 아람이가 화를 벌컥 냈지.

"너! 내려와서 사과해!"

"억울하면 다람이한테 덤비라고 해!"

떡갈나무 위에서 톨이가 쪼르르 내려왔어. 톨이와 다람이는 누가 뭐라 할 사이도 없이 붙잡고 엎치락뒤치락했어.

"이놈들! 또 싸우냐?"

뒤뚱 할아버지가 달려와 둘을 떼어 놓았어. 숲에서 가장 생각이 깊은 뒤뚱 할아버지는 다람쥐들을 가족처럼 보살펴 주었지.

"지금 이렇게 싸울 때가 아니란다. 어서 너럭바위로 모여라."

"무슨 일인데요?"

다람이가 물었어.

"와 보면 안다."

뒤뚱 할아버지가 뒤뚱거리며 바삐 지나갔어. 꼬리가 짧아 걸음걸이가 불편한데도 잘 달렸지. 다람쥐들도 쏜살같이 너럭바위 쪽으로 갔단다. 궁금해진 톨이도 뒤따라갔지. 너럭바위 앞으로 다람쥐들이 모여들고 있었어.

드디어 뒤뚱 할아버지가 너럭바위 위로 올라갔단다.

"여러분, 카옹이가 나타났습니다."

"으, 무서워."

"그 들고양이가 왜 또?"

"어느 쪽에서 나타났죠?"

여기저기서 웅성거렸어.

"밤숲에요."

"아휴, 왜 맛있는 밤이 있는 거기에만 나타난대요?"

"그래도 집이 있는 너럭바위 쪽이 아니라 다행이네."

모두들 몸을 부르르 떨며 움츠렸어. 뒤뚱 할아버지가 꼬리를 치켜세우며 말했지.

"놈에게 물려서 이렇게 뭉툭해진 건 다 알고 있죠?"

"알지요."

"밤숲에서 알밤 줍다가 이렇게 된 것도 아시죠?"

"네. 알고말고요."

다람쥐들이 대답했어.

"이 너럭바위에서 멀리 가지 마세요."

뒤뚱 할아버지가 힘주어 말했어.

"만약에 맞닥뜨리면 어떻게 하죠?"

누군가 큰 소리로 물었지. 뒤뚱 할아버지 대신 다람이가 대답했어.

"막 소리를 쳐서 카옹이를 어지럽게 하면 어떨까요?"

"말도 안 돼?"

톨이가 말을 가로막았어. 눈을 부라리며 다람이가 맞받았어.

"왜 안 돼!"

"일부러 카옹이하고 맞닥뜨리라는 거야?"

톨이와 다람이가 얼굴을 붉혔어. 바라보던 뒤뚱 할아버지가 나섰지.

"다람이 생각이 맞아요. 어쩔 수 없이 카옹이를 만나면 있는 힘을 다해 소리쳐야 합니다. 정신만 단단히 차리면 살길이 있지요. 하지만 만나지 않는 게 가장 좋은 방법이라는 것 명심하세요."

뒤뚱 할아버지 이야기가 끝나자 갑자기 숲이 싸늘해졌어. 햇살은 여전히 따스했는데도 말이야. 모두 바삐 집으로 돌아갔지.

한낮에도 다람쥐들은 집에서 꼼짝하지 않았단다. 다람쥐들은 여간 걱정이 아니었지. 이제 도토리와 밤을 모아야 하는 때인데 카옹이가 나타났으니 말이야. 하지만 무턱대고 손 놓고 있을 수만은 없었단다.

"겨울 양식 모을 때를 놓칠 수는 없잖아요."

처음엔 두엇이 나와서 너럭바위 주변에 있는 도토리를 날랐어. 별일이 없자 모두들 몰려나와서 일을 했지.

"밤숲 알밤은 포기합시다. 이곳 도토리로 만족하자고요. 명심하세요! 혼자 다니지 말고, 반드시 해 지기 전에 집에 들어가고……."

뒤뚱 할아버지는 몇 번이고 당부했어.

"밤숲에는 달콤한 알밤이 탱글탱글할 텐데……."

다람쥐들은 몹시 아쉬워했지.

"그쪽은 위험하다고 했지요?"

뒤뚱 할아버지가 소리를 버럭 질렀어. 모두들 고개를 끄덕일 수밖에 없었지.

다람쥐들은 볼에 도토리를 가득 담아 창고로 날랐어. 불룩해져서 우스꽝스러운 서로의 볼을 보며 키득거리기도 했지. 그러다가도 누가 보기라도 할까 봐 몰래몰래 도토리를 땅에 파묻기도 했단다. 언젠가 모아 둔 도토리를 다 먹었을 때 배가 고파지면 꺼내 먹으려고 말이야.

며칠이 지나도 카옹이는 보이지 않았어. 숲에는 다시 다람쥐들의 웃음소리와 이야기 소리가 들려왔지. 카옹이에 대한 걱정도 점점 희미해지고 있었단다.

드디어 참다 못한 다람이가 밤숲 쪽을 바라보며 말했어.

"저쪽에 알밤이 수두룩한데 너무 아깝지 않니? 우리 알밤 주우러 갈래?"

"달콤한 알밤 좋지."

아람이도 거들었어. 모두 귀가 솔깃해졌지.

"카옹이는 멀리 떠난 게 분명해. 우리가 너무 겁먹은 거야."

"밤숲에 가자."

듣고 있던 톨이가 나무에서 쪼르르 내려와서 끼어들었어.

"밤숲에 간다고?"

"넌 안 돼."

다람이가 고개를 저었어.

"넌 여기서 도토리나 던지고 놀아."

다람쥐들이 한목소리로 말했어.

"너희들, 카옹이 만나면 어떡하려고 그래?"

코를 비죽거리며 톨이가 말했지.

"카옹이를 만나면 뒤뚱 할아버지처럼 막 소리치면 돼! 가자, 애들아!"

걱정 없다는 듯 다람이는 앞장서서 비탈을 내려가기 시작했어. 오랜만에 마음껏 달려 보는 일이라 앞서거니 뒤서거니 신이 났지. 시무룩해진 톨이는 친구들이 사라진 쪽을 한참 바라보았어. 그리고 도토리를 줍기 시작했지. 하지만 자꾸 친구들이 간 밤숲이 궁금해졌어. 달콤한 알밤 맛도 떠올랐지. 입에서 침이 뱅뱅 돌았어.

'그래! 난 어디든지 내 맘대로 갈 수 있잖아?'

톨이 발은 어느새 비탈길로 내려가고 있었어. 볼 안에 도토리를 잔뜩 담은 채였지. 그때 저만치 현 사시나무에 구멍을 파고 있는 딱따구리가 보였어. 톨이는 장난을 치고 싶어졌지. 그래서 도토리 하나를 꺼내 힘껏 던졌어. 글쎄 구멍을 파고 있는 딱따구리 곁을 아슬아슬하게 스치고 지나간 거야.

"너! 내 부리 맛 좀 볼래?"

딱따구리가 소리쳤어. 톨이는 얼른 나무 위로 올라갔지. 그리고 쪼르르 나뭇가지를 타고 도망쳤어.

톨이는 볼 안에 불룩하게 넣어 둔 도토리를 하나씩 꺼냈어.

'이번엔 저 바위 꼭대기를 맞혀야지.'

위 꼭대기를 맞고 도토리가 공중으로 튀었어.

'이번엔 저기 청머루 열매!'

빨갛게 익은 청머루 열매들이 투두둑 떨어졌어.

밤숲으로 들어서니 너럭바위 쪽에선 맡지 못했던 맛있는 냄새가 났어. 여기도 밤나무, 저기도 밤나무였지. 쩍쩍 벌어진 밤송이들이 밤나무 아래 널려 있었어. 앞서 왔던 친구들의 콧노래 소리가 그리 멀지 않은 곳에서 들려왔어. 톨이는 멀찌감치 떨어져서 알밤을 주웠지. 부딪치고 싶지 않았으니까.

톨이는 알밤 한 알을 들고 먹기 시작했어.

'아, 달콤해. 이 맛이야. 이 맛!'

톨이는 맛있게 먹은 뒤 알밤을 주워 볼주머니에 넣었어. 더는 들어갈 수 없을 만큼 꽉꽉 밀어 넣었지.

저녁 햇살이 몸을 길게 늘어뜨리며 눕고 있었어. 숲 한쪽은 어느새 어스름에 잠겼지. 너럭바위 쪽으로 돌아가는 친구들이 보였어.

'나도 돌아가야겠는걸.'

톨이는 불룩한 볼을 토독 두드렸어. 아주 기분이 좋았지. 톨이는 나뭇가지를 타고 가려고 밤나무 위로 올랐어. 앞서 가는 친구들보다 먼저 가려는 것이었지. 나무 몇 그루를 건넜을 때였어.

"캬악!"

톨이는 나뭇가지 위에 딱 서고 말았어. 톨이가 있는 나무 아래에 카옹이가 보였거든. 카옹이가 금방이라도 공격할 듯 무엇인가를 노려보고 있었어. 조심스럽게 나뭇잎을 헤치니 카옹이 앞에 놀라 얼음이 되어 있는 친구들이 있는 거야. 당연했어. 나무 위에 있는 톨이도 무서워서 꼼짝할 수 없었으니까. 톨이는 못 본 척 고개를 돌렸어.

'정신만 차린다면⋯⋯.'

뒤뚱 할아버지 말이 귓가에 들려왔어. 톨이는 부들부들 떨리는 발을 떼었지. 그런데 늘 따돌리기만 하던 다람이와 친구들 얼굴이 스쳐 가는 거야.

'알 게 뭐야!'

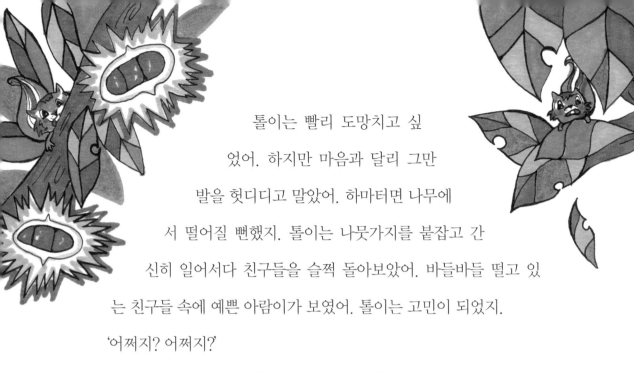

톨이는 빨리 도망치고 싶

었어. 하지만 마음과 달리 그만

발을 헛디디고 말았어. 하마터면 나무에

서 떨어질 뻔했지. 톨이는 나뭇가지를 붙잡고 간

신히 일어서다 친구들을 슬쩍 돌아보았어. 바들바들 떨고 있

는 친구들 속에 예쁜 아람이가 보였어. 톨이는 고민이 되었지.

'어쩌지? 어쩌지?'

그때 톨이 마음속에 아람이 목소리가 들려왔어.

'톨이야, 알밤을 던져!'

톨이는 입안에서 알밤 하나를 꺼냈어. 그리고 카웅이를 향해 힘껏 던졌

지. 알밤은 카옹이 머리에 정확하게 맞았어.

"캬아아아악! 뭐얏!"

카옹이는 몸을 휙 돌렸어. 다행히 나뭇잎 덕분에 톨이는 들키지

않았지.

'에잇!'

톨이는 다시 카옹이 머리를 향해 알밤을 던졌어.

"딱!"

"아얏! 카아아아악!"

"모모모두 도도망 가."

다람이가 친구들 앞으로 나서며 소리쳤어. 톨이는 카옹이에게 알밤을 던

지고, 또 던졌지. 그사이에 다람쥐들은 간신히 나무 위로 몸을 숨길 수 있

었어.

"캬아악."

카옹이는 미처 피하지 못한 다람이를 쏘아봤어.

"어서 도망가!"

톨이는 마지막 알밤을 힘껏 던졌어. 이번에도 카옹이 머리에 맞은 거야.

"카아악! 어떤 놈이야!"

화가 머리끝까지 난 카옹이가 턱을 치켜들었어. 그런데 하필 바람이 휘잉 불어왔어. 몸을 숨겨 주었던 나뭇잎이 흔들리며 톨이는 카옹이 눈과 마주친 거야. 톨이는 다리에 힘이 빠져 그만 쭈르르 나무 밑으로 미끄러지고 말았어.

"카아아아악!"

톨이는 눈앞이 캄캄했어. 어찌할 틈도 없이 발을 땅에 바짝 딛고 꼬리를 치켜세웠지. 다람이도 톨이 옆에서 함께 소리쳤어.

"캑캑캑캑캑캑캑……."

아랫배에 온 힘을 주고 눈을 부릅뜨며 소리쳤어.

"오호, 제법인데."

카옹이가 비웃으며 점점 가까이 다가오는 거야. 그때였어.

"후다당쿵당쿵당당."

알밤이 카옹이에게 소낙비처럼 쏟아졌어.

"아이쿠. 캬아악."

"후다다당쿵당당."

또 한바탕 알밤이 총알처럼 떨어졌지. 나무에 올라간 친구들이 한꺼번에 알밤을 던진 거였어. 카옹이는 알밤을 피하느라 몸을 뒤틀었지.

"캬아악!"

카옹이 눈에 불이 붙은 것 같았어. 금방이라도 삼킬 듯이 날카로운 이빨이 번쩍거렸단다.

"톨이야! 다람아! 계속 소리쳐!"

아람이가 다급하게 외쳤어.

"캑캑캑캑캑캑캑캑……"

이번엔 톨이와 다람이뿐만 아니라 나무 위에 있던 친구들 모두가 한꺼번에 소리쳤어.

"캑캑캑캑캑캑캑캑캑캑캑캑캑……"

"쿵당당당 쿵당당쿵당."

알밤도 다시 쏟아져 내렸어.

"귀찮게 됐군."

뜻밖에도 카옹이의 이글거리는 눈빛이 스르르 풀리는 거야. 가르릉거리던 카옹이가 천천히 몸을 돌렸어. 그리고는 커다란 어깨를 출렁거리며 수풀 사이로 사라져 버렸지. 톨이와 다람이는 그 자리에 철퍽 주저앉고 말았어. 몸에서 힘이 쫙 빠져나가 버렸거든.

"톨이야! 다람아!"

친구들이 달려왔어.

"톨이야, 고마워."

"너 대단했어."

여기저기서 톨이를 칭찬했어.

"고마워. 네 재주가 우리를 살렸어. 정말 잘 던지더라."

다람이도 말했지.

"뭘."

톨이는 머리를 긁적였어.

"재주도 좋고, 뒤뚱 할아버지처럼 용감했어."

아람이 말에 톨이는 어깨가 으쓱해졌지.

"어서 가자."

이번엔 톨이가 앞장섰어.

밤숲은 벌써 어둑어둑해졌지. 다람쥐들은 비탈길을 올라 집으로 달려갔단다.

겨울 손님

함박눈이 펑펑 내리는 밤에 울이와 담이에게 손님이
찾아왔어요. 눈 맑고 솜털이 보송보송한 이 손님은
누구일까요?

겨울, 별숲 이야기

겨울 손님

"엄마, 울이가 내 발을 밟았어!"

"담이가 먼저 그랬단 말이야."

엄마가 할머니랑 잠시 이야기하는 동안에도 울이와 담이는 쉬지 않고 툭탁거렸어. 끄떡하면 다투는 것을 보고 엄마, 아빠는 싸우려고 쌍둥이로 태어난 것 같다고 했지. 할머니는 쌍둥이라 더 친해지려고 그런다며 담이와 울이 편을 들었어.

"한 담! 한 울! 너희 곧 아홉 살이야. 아홉 살! 할머니 말씀 잘 듣고! 싸우지 말고! 알았지!"

엄마가 콧김을 훅훅 내뱉으며 다짐을 받았어.

"어여 가!"

할머니가 엄마 등을 밀었어.

"모레 데리러 올게요."

"뭣이라고?"

할머니가 엄마 쪽으로 귀를 댔어. 할머니는 귀가 잘 안 들려서 다시 물어보는 일이 많았거든.

"모레요. 모레 데리러 온다고요!"

엄마가 소리치며 자동차에 탔어. 운전대에 앉은 아빠가 손을 흔들었어. 그리고 바로 자동차는 가파르고 좁은 골목길을 조심조심 내려갔어. 큰길로 들어서자 빠르게 달려갔지. 산기슭에 있는 마을에서도 가장 높은 곳인 할머니 집 마당에서는 큰길까지 훤히 내려다보였단다. 할머니는 자동차가 보이지 않는데도 한참 동안 서서 손을 흔들었어.

"곧 오시겠는데?"

할머니가 구름 덮인 하늘을 올려다보았어.

"누가 와요?"

담이 뒤를 쫓던 울이가 물었지만 할머니는 대답이 없는 거야.

"할머니! 누가 오냐고요."

"눈, 눈 말이여."

알밤을 던져라!

할머니는 집 바로 뒤에 있는 별숲 쪽으로 고개를 돌리며 중얼거렸지. 별숲은 숲 위로 별들이 가득하다고 이름 붙여졌어. 별똥별도 긴 금을 그으면서 별숲으로 떨어지곤 했지.

"또 눈이 오면 배고파서 어쩌나."

"할머니, 누가 배고파?"

울이는 자꾸 궁금해졌어.

"으응, 손님이."

"무. 슨. 손. 님. 이. 요?"

궁금해진 울이가 또박또박 물었어.

"우리 울이가 좋아할 만한 손님."

"우와! 손님 와라. 손님 와라."

울이가 할머니를 뱅글뱅글 돌았어. 그러자 울이 뒤를 따라 돌던 담이가 이렇게 외치는 거야.

"오지 마라. 오지 마라."

"너!"

울이가 눈을 부라렸지. 얼굴을 찌푸리며 할머니가 한마디 했어.

"오빠한테 너라니? 5분 오빠도 오빠여."

"같은 날 태어났으니까 아니에요."

"뭐라고?"

할머니는 또 못 들었는지 울이 쪽으로 귀를 기울였어.

"오빠 아니라고요!"

울이는 담이를 오빠라고 부르는 것이 정말 싫었어. 오빠라며 잘난 척하

고, 엄마 아빠, 할머니도 자꾸

담이만 챙겼거든.

"안 싸우겠다고 엄마한테 약속한 지 십 분도 안 됐구먼. 엄마 아빠가 어디 맘 놓고 세마나인지 워크숍인지 편히 하겠어?"

할머니가 눈을 부릅떴어.

그때 머리 위로 눈송이가 천천히 내려오는 거야. 담이가 눈송이를 붙잡으려고 펄쩍 뛰면서 손을 뻗었어. 울이도 찡그린 얼굴을 펴며 하늘을 올려다보았지. 하나둘 내리던 눈송이는 금세 펑펑 쏟아졌어. 마당에는 눈이 하얗게 쌓이기 시작했단다.

"많이 오려나? 할미는 저녁밥 허마. 떡볶이도 만들어야겠구먼."

할머니는 집 안으로 들어갔어. 기다렸다는 듯이 담이가 눈을 긁어모아 울이에게 던졌지. 울이도 가만있지 않았어. 울이가 담이 옷을 잡아당기자 담이는 힘껏 밀쳤지. 그 바람에 울이는 저만치 나동그라지고 말았단다.

"메롱~ 나 잡아 봐라."

"이 울트라 캡숑 비호감!"

울이는 씩씩대며 담이에게 달려들었어. 담이는 실실 웃으며 앞서 뛰었지. 울이는 몇 번이나 엉덩방아를 찧었어. 둘은 잠시도 멈추지 않았단다. 담이가 멈추면 울이

알밤을 던져라!

가 달려가고 울이가 멈추면 담이가 달려와서 당기고 밀치면서 말이야.

울이와 담이 볼이랑 귀는 사과처럼 빨개졌어. 눈송이는 여전히 끝도 없이 내려왔지. 어둠도 산 아래로 성큼성큼 내려오고 있었단다.

"그만 들어오너라!"

할머니가 창문을 열고 소리쳤어. 울이와 담이는 머리와 옷에 쌓인 눈을 털어 냈지. 손으로 탁탁 털고 펄쩍펄쩍 뛰면서 말이야. 그런데 마당 귀퉁이에 웬 아이가 쪼그리고 앉아 있는 거야. 여섯 살이나 일곱 살밖에 안 돼 보이는 여자아이였어. 분명 아까까지 안 보였는데 말이야.

"너, 누구야? 왜 여기 있어?"

담이가 물었어. 분명 이 마을 아이는 아니었거든. 할머니네 마을에는 아이가 없다고 했으니까.

"어, 피! 너 다쳤어?"

울이가 아이 손등을 보며 놀랐어. 몸을 덜덜 떨고 있는 아이 입술도 파란 거야. 무척이나 추워 보였어. 눈물이 그렁그렁한 아이 눈빛이 꼭 어서 도와 달라고 말하는 것 같았지.

"안으로 들어가야겠어."

울이는 아이 머리랑 어깨에 쌓인 눈을 털고 일으켜 세웠어.

"어, 어른 있잖아."

아이가 어깨를 움츠리며 다급하게 말했어.

"왜? 우리 할머니 착해."

"엄마가 어른은 안 된다고 했어."

울이는 이해가 잘 되지 않았어. 하지만 곧 고개를 끄덕였지. 울이도 어쩔 땐 어른들이 싫었으니까. 말하기 싫은데 이것저것 꼬치꼬치 캐물을 때면 머리가 아팠거든.

"알았어. 담아, 좀 살펴봐. 할머니 몰래 들어가게."

"싫어."

담이가 고개를 저었어. 아이는 울이한테 기댄 채 눈을 감아 버렸어. 그대로 쓰러져 버릴 것만 같은 거야. 울이는 담이를 쳐다보았어. 그냥 부탁했다가는 어림도 없을 거라는 생각이 들었지.

"좋았어. 너 게임기 고장 났지? 집에 가면 내 것 실컷 가지고 놀아."

"정말? 근데 울아, 아예 나 주면 안 되냐? 엄마가 다시는 안 사 준다고 했단 말이야."

"알았어. 줄게. 줄게."

"진짜? 진짜지?"

담이는 살며시 문을 열고 살폈어. 담이 신호를 따라 울이는 아이를 부축하고 집 안으로 들어섰지. 울이는 살금살금 건넌방으로 가 아이를 아랫목에 눕혔단다. 그리고 얼른 이불을 꺼내 덮어 주었어.

"좀 지켜보고 있어. 알았지?"

울이는 담이에게 아이를 맡겨 놓고 방을 나왔어. 할머니는 부엌방에서 흥얼거리며 저녁상을 차리고 있었어. 울이는 까치발을 하고 할머니 방으로 가서 약상자를 챙겼어. 전에 할머니 집에서 넘어졌을 때 썼기 때문에 금방 찾을 수 있었던 거야.

울이는 피가 묻은 아이의 손등을 조심스럽게 닦고 연고를 발랐어. 상처가 제법 깊어서 밴드도 붙여 주었어. 솜털이 보송보송한 손등이 무척 부드러웠지.

"난 한 울, 얜 한 담. 넌 이름이 뭐야?"

대답은 안 하고 아이는 자꾸 코만 실룩이는 거야. 지켜보던 담이가 중얼거렸어.

"손님인가?"

"맞다! 손님이지."

울이는 할머니 말이 반짝 떠올랐어. 할머니는 울이가 손님을 좋아할 거라고 말했지. 울이는 눈이 반짝반짝 빛나는 이 아이가 좋았어. 곰 인형처럼 꼬옥 껴안아 주고 싶었으니까. 담이가 오랜만에 괜찮은 말을 해서 울이는 기분이 좋아졌어. 이럴 때면 담이가 오빠인 게 맞는 것 같았지. 울이보다 기억력이 좋고 생각도 기발했으니까.

"나 배고파."

파랬던 입술이 조금 붉어진 아이가 배를 움켜쥐는 거야. 울이가 물었어.

"떡볶이 가져올까?"

"생고구마."

울이는 놀라서 아이를 빤히 쳐다보았어. 군고구마도 아니고 웬 생고구마일까 생각하는데 아이가 다시 불쑥 말하는 거야.

"나 먹고 좀 싸 갈 수 있어?"

"싸 가겠다고?"

궁금해진 울이가 물어보는데 할머니가 큰 소리로 불렀어.

"애들아! 뭐하는데? 밥 먹어야지?"

울이는 아이 어깨를 토닥이며 말했어.

"알았어. 부엌방에 고구마가 있을 거야."

울이와 담이는 부엌으로 갔어. 울이는 그렇게 좋아하는 떡볶이를 맛있는 줄 모르고 먹었어. 어서 아이에게 고구마를 갖다 주고 싶은 생각뿐이었다니까. 마침 고구마가 든 상자가 부엌 쪽문 앞에 있는 것을 발견했거든.

"할머니가 만든 떡볶이가 세계에서 최고로 맛있어요."

울이가 엄지손가락을 올리며 말했어. 할머니도 엄지손가락을 올렸지.

할머니가 빈 그릇을 치우는 동안 울이는 담이한테 물병과 컵을 들려 주었어. 담이는 팔꿈치로 울이를 툭 치며 소곤거렸지.

"게임기 알지?"

울이가 고개를 끄덕이자 담이는 건넌방으로 갔어. 울이는 양푼에 고구마를 담았지. 싱크대 서랍에서 보자기도 꺼냈어. 기분이 좋은지 할머니는 아까보다 훨씬 큰 소리로 흥얼거리면서 설거지를 했어.

아이는 울이가 깨끗이 씻어 온 고구마를 허겁지겁 먹었어. 고구마를 먹는 모습이 꼭 염소 같기도 하고 사슴 같기도 한 거야.

"자, 물 먹으면서 먹어."

울이가 컵에 물을 따라 주었어. 물 마시는 모습도 꼭 강아지처럼 귀여웠지.

"이건 싸 가도 되지?"

얼마 먹지도 않고 아이는 보자기에 고구마를 쌌어. 그리고 고구마 보따리를 안고 까무룩 눈을 감았지. 나이도, 어디 사는지도 모르는 아이가 숨을 쌕쌕 쉬며 잠들었어. 긴 속눈썹이 파르르 떨리곤 했지. 꼭 껴안아 주고 싶을 만치 가여워 보이는 거야.

그때 할머니가 문을 두드렸어.

"왜 문을 잠갔냐?"

울이는 얼른 이불로 아이를 머리까지 덮고 나서 문을 열었지.

"아이고, 몰래 무슨 일을 꾸미는구먼."

"아, 아니요. 그냥 사이좋게 이야기하고 있어요. 사. 이. 좋. 게!"

울이는 할머니가 잘 듣도록 또박또박 말했어.

"사이좋게?"

할머니는 기분 좋게 웃었어. 그런데 눈이 아이를 덮어 놓은 볼록한 이불로 가는 거야.

"무슨 냄새가 나는데?"

할머니는 코를 킁킁거렸어. 이불을 들출 것 같아 울이는 가슴이 콩닥거렸지.

"노릿한데?"

할머니가 이불 곁에 앉으려고 허리를 굽히는 거야. 눈치 빠른 담이가 재빨리 할머니를 일으켜 세우며 소리쳤어.

"우리 조금만 놀다 잘 테니 얼른 주무세요."

"그래, 그래. 방학이니 우리 쌍둥이들은 늦잠 자도 걱정 없지."

담이한테 밀려 할머니는 방을 나갔어.

"휴, 고마워. 오빠."

"어, 너 나한테 오빠라고 했네!"

담이가 어깨를 으쓱했어.

"그, 그러네. 오빠처럼 굴 때만 오빠라고 할 거야."

멋쩍어진 울이가 괜히 목소리를 높였어.

"오빠? 나, 가야 해. 눈 그쳤나 봐 줘."

아이가 다급하게 일어나 앉았어. 담이가 창문을 열고 바깥을 살폈어.

"어, 눈은 그쳤네. 하지만 춥다. 춰."

"너 아직 아프잖아. 그리고 지금은 캄캄한 밤이야."

울이도 엄마처럼 아이를 토닥였어.

"오빠가 기다려."

"너, 오빠가 있구나? 오빠 주려고 고구마를 싼 거야?"

아이가 고구마 보따리를 꼬옥 품으며 고개를 끄덕였어.

"엄마는 별이 되었어. 내가 아주 어렸을 때. 그동안 오빠가 나에게 먹을 것을 구해 줬어. 그런데 오빠가 다리를 다쳤어. 이제 내가 오빠를 도와야 해. 어젯밤에 엄마별이 이곳으로 내려가라고 했어. 어서 오빠한테 가야 해."

"아침에 가."

울이가 아이를 눕혔어. 베개도 바로 해 주고 이불도 끌어올려 주었지. 전등을 끄고 울이는 아이 오른쪽에, 담이는 왼쪽에 누웠어. 아이 숨소리가 새근새근 들려왔지. 담이도 곧 새근거렸어. 울이만 잠이 오지 않아 가만히 누워 있었단다. 그때 아이가 꿈결인 듯 말하는 거야.

"오빠, 조금만 기다려."

"오빠……."

울이도 가만히 중얼거렸어.

'하긴 오빠 없으면 나도 심심할 거야.'

이불 놀이, 알까기, 블록 따먹기는 오빠가 없으면 할 수 없는 놀이였지. 울이는 고개를 끄덕였어. 생각해 보니 오빠가 좋을 때도 있었어. 저번에

희주랑 싸웠을 때 울이 편을 들어 준 것도 오빠였으니까.

울이도 스르르 잠 속으로 빠졌어. 꿈에 아이가 산으로 올라가는 거야. 보따리가 무거운지 몇 번이나 쉬었다가 갔지. 울이는 아이에게 잘 가라 말하고 싶었지만 입이 떼어지지 않았어. 그냥 아이를 바라만 볼 수밖에 없었지. 나뭇가지 사이로 갈색 옷이 얼핏얼핏 보이다가 이내 사라지고 말았어.

"얘들아, 해가 산꼭대기에 올랐구먼."

할머니가 문을 활짝 열며 소리쳤어.

"손님이 가 버렸어."

잠에서 깬 울이가 이불을 껴안으며 중얼거렸어.

"뭣이라고?"

할머니가 물었어.

"손님이요."

"뭣이라고?"

"손. 님. 이. 요!"

담이가 울이 대신 말했어.

"아, 손님. 우리 울이가 손님을 잘 보살폈구먼."

할머니는 울이의 헝클어진 머리카락을 쓸어 올려 주었어.

"오빠가 도와줬어요."

"뭣이라고?"

"오빠가 도와줬다잖아요!"

싱글벙글 웃으며 담이가 할머니 귀에 대고 소리쳤어.

"아이고, 우리 울이가 오빠라고 하다니. 아이고, 내 새끼."

할머니는 쪽쪽 소리가 나게 울이 볼에 뽀뽀를 했어.

울이는 할머니 손을 이끌고 밖으로 나왔어. 마당에 발자국이 찍혀 있는 거야. 이번엔 뒤꼍으로 갔어. 발자국은 가파른 산으로 올라가고 있었지. 보따리 끌린 자국도 보였어.

"요건 고라니 발자국? 요건?"

할머니는 발자국 옆에 끌린 자국을 가리켰어.

"글쎄요오오."

울이랑 담이는 눈을 찡긋하며 똑같이 말했어.

"그래애애?"

할머니가 울이와 담이를 지그시 바라보았어. 셋은 곧 빙그레 웃고 말았지. 발자국에 고인 햇살이 반짝반짝 빛나고 있었단다.

알밤을 던져라

박소명 글 · 최영란 그림